Yf 9301

LE BAL

DE
STRASBOURG,

DIVERTISSEMENT ALLEMAND,

AU SUJET DE LA CONVALESCENCE
DU ROY.

OPERA COMIQUE BALLET.

Par Mrs. F... D. L. G... & L. S...

Le prix est de 24 sols avec la Musique.

A PARIS;

Chez PRAULT Fils, Quai de Conti, vis-à-vis la
descente du Pont-Neuf, à la Charité.

M. DCC. XLIV.

AVEC PERMISSION.

ACTEURS.

M. FRENCHMAN, Mr. le Febvre.

UN OFFICIER, Mr. Duranci.

HENRIETTE, Fille de M. Frenchman,
Mlle. Darimath.

TROIS DEPUTÉS DE LA VILLE.

TROIS NOUVELLISTES.

Une petite FILLE, Mlle Puvignée.

TROIS ALLEMANDES.

UN ALLEMAND.

NICODEME, Mr. Dourdais.

BABICHON, Mlle. Sauvage.

UN SUISSE, Mr. Drouillon.

La Scene est à Strasbourg.

LE BAL

DE

STRASBOURG,

DIVERTISSEMENT ALLEMAND.

SCÉNE PREMIÈRE.

Un OFFICIER FRANÇOIS

de la Garnison de Strasbourg.

Air. *Alcide eft vainqueur du trépas.*

OUIS eft vainqueur du trépas,
La gloire va guider nos pas (*bis*.)
Oui le Ciel avec notre Maître
Nous fait renaître, (*bis*.)
Louis eft vainqueur, &c.

A ij

AIR. noté N_o. 1. *Que fais tu là seule Lisette.*

Reviens amour reprends les armes,
     Qu'en un jour si beau
     Tout sente un feu nouveau
Hâte- toi de rallumer ton flambeau
     Que la crainte & la douleur
     Avoient éteint dans nos larmes
Henriette va combler mon bonheur
     Si je trouve dans son cœur
       La même ardeur.

AIR. *De tous les Capucins du monde.*

     J'avois oublié ma tendresse
     Et l'image de ma Maîtresse,
     En vain se présentoit à moi,
     De chagrin mon ame remplie,
     M'apprenoit qu'on peut à son Roi,
     Sacrifier plus que sa vie.

SCENE II.

L'OFFICIER, HENRIETTE.

L'OFFICIER.

AIR. *C'est chez vous.*

QUoi c'est vous !
Ah je jouis du bonheur le plus doux

HENRIETTE *froidement.*

Quoi c'est vous *!*

L'OFFICIER.

AIR. *J'ai passé deux jours sans vous voir.*

J'ai resté long-tems sans vous voir,
   Dans ces jours de tristesse,
Vous ne devez pas m'en vouloir
   O ma chere Maîtresse
Je craignois hélas pour mon Roi,
Et mon cœur n'étoit plus à moi.

Menuet de Roland.

Quelle froideur extrême,

A iij

HENRIETTE.

J'excuſe votre oubli ,
Je ne croyois pas même
Vous revoir aujourd'hui.

L'OFFICIER.

AIR. noté N°. 2.

Je vous aimois
Plus que jamais ,
Mais
(Pardonnez-le moi)
Le premier amour d'un François,
Eſt l'amour de ſon Roi.

HENRIETTE.

AIR. *C'eſt une excuſ.*

J'ai partagé votre douleur
Ne croyez pas que de froideur
Ici je vous accuſe
Tout François avec vous gémit
Et la crainte qui me ſaiſit
Fait votre excuſe.

AIR. *Eſt-il de plus douces odeurs.*

Qui doit plus que nous le chérir ?

Ce Roi digne d'envie,
Ne songeoit qu'à nous secourir
Prêt à perdre la vie,
Nos cœurs sont pénétrés d'amour
Pour un Roi qui nous aime
Que nous eût importé le jour
S'il eut péri lui-même.

L'OFFICIER.

AIR. *Monsieur le Prevôt des Marchands.*

Pour le bonheur de ses Sujets
Le Ciel le rend à nos souhaits
Plus notre ami que notre maître,
LOUIS, échape du danger
Il croit jouir d'un nouvel être
Pour nous chérir & nous venger.

HENRIETTE.

AIR. *Guillot est mon ami.*

Peut-on payer assez
Cette heureuse nouvelle
Tous nos maux sont passés
Je me livre à mon zéle
Vous me rendez mon cher
Si... si satisfaite,

Que si vouliez d’Henriette
Un baiser ,
On ne pourroit vous le refuser.

L’Officier.

Air. *Ah si j’avois connu M. de Catinat.*

Accordez-donc encor un prix à mon amour
Scachez que l’ennemi fuit loin de ce séjour.

Henriette.

Qu’ils restent , nous bravons leurs efforts superflus
Ce seroit pour Louis un triomphe de plus.

Air. *Faut-il qu’une si belle plante.*

D’une santé pour nous si chere
Notre hymen aujourd’hui dépend
Calmons la crainte de mon Pere
Il n’attendoit que cet instant
En rendant la joie à son ame
Il va couronner notre flâme.

Air. *De tous les Capucins du monde.*

Mais nous en croira-t’il encore

Pour ce Roi, que son cœur adore

Il ne cesse de s’affliger ,

Son inquiétude est extrême
Vous savez qu'après le danger
On craint encor pour ce qu'on aime.

L'OFFICIER.

AIR. *Bacchus disoit pour m'exciter à boire.*

Il nous croira, la nouvelle est certaine,
Plusieurs Couriers viennent la confirmer

HENRIETTE.

Eh pourquoi donc nous laisser dans la peine,
Vous auriez dû plutôt m'en informer,

L'OFFICIER.

AIR. *A présent je ne dois plus feindre.*

Je vous cherchois pour vous l'apprendre

HENRIETTE.

Venez, venez, c'est trop attendre
Nous serions déja mariés.

Refrain.
Que de momens perdus (*bis.*)
Ah que je les regrette.

(*Cor de Chasse.*)

L'Officier.

Fanfare de Choisy.

J'entends encor un Courier
Qui vient nous la publier
A Monsieur Franchman il faut ,
Courir l'apprendre au plutôt
Qui peut donc vous arrêter ?

Henriette.

Demeurons pour écouter.

SCENE III.

L'OFFICIER , HENRIETTE ,
LE COURIER, précedé de deux Cors-
de-Chasse , & suivis de la Populace.

Le Courier.

Air. *Morgué Pierrot j'ons bonne chance.*

Raffurez vous Peuple fidelle,
Nôtre Roy n'est plus en danger ,
Et vous ne devez plus songer
Qu'à faire éclater votre zéle ,
Vive le Roi ,

(Avec le Peuple.)

Vive le Roi,
Le Ciel diffipe notre effroi.

Une ALLEMANDE.

AIR. *Il faudroit pour faire un tombeau.*

Nous pourrons donc le voir enfin,

Deuxiéme ALLEMANDE.
Ah l'heureufe nouvelle,

Troifiéme ALLEMANDE.
Notre Reine auffi viendra-t'elle,

Quatriéme ALLEMANDE.
Verrons-nous auffi-le Dauphin.

La premiere ALLEMANDE.

AIR. *Comme deux Sceaux dans un puits.*

Pour notre Roi,
N'eft-il plus rien à craindre,

La deuxiéme ALLEMANDE.
Dites-le moi ?

La troifiéme ALLEMANDE.
Parlés de bonne foi ?

(Toutes enfembles.)

Premiere ALLEMANDE.

S'eft-il montré pour raſſurer ſon Peuple ,
  L'avez-vous vû vous même ,

    Deuxiéme ALLEMANDE.

La Reine vous a-t'elle paru bien joyeuſe ,
  N'a-t'elle plus d'allarmes ?

    Troiſiéme ALLEMANDE.

Les Habitans de Metz ont-ils déja fait
Des Fêtes pour ſa Convaleſcence

    Quatriéme ALLEMANDE.

Eh mon cher Monſieur , là dites-nous ,
Sincerement eſt-il entierement rétabli.
  Ne nous flatez-vous pas ?

        LE COURIER.
      Suite de l'Air ci-deſſus.

  Je vous parle ſans feindre ?
Oui , oui cent fois , oui le fait eſt certain ,
Voulez-vous me tenir juſqu'à demain matin.

  AIR. Vous n'viendrez pas avec nous.

Oh ! s'il faut que je vous écoute ,

Je n'aurai jamais fait avec vous,
Je n'ai mangé ni bû fur la route.

TOUS LES BOURGEOIS.

Vous viendrez boire avec nous. (*ter.*)

LE COURIER.

AIR. *Mon brave Capitaine.*

Eh laiffez-moi de grace,
Tout-ci, tout çà,
Tout cela me laffe,
Eh ! laiffez-moi de grace....

UN BOURGEOIS.

Comment vous êtes fatigué de nous entendre.

LE COURIER.

Je ne le fuis que trop.
De courrir le galop,
Pa ta ti, pa ta ta, pa ta trop.

AIR. noté N°. 3.

Je me mets à peine à crier,
Oh hé, oh hé, oh hé,
Que chacun au fouet du Courier,
Oh hé, oh hé, oh hé,

Tombe fur moi comme grêle,
Tout le monde s'en mêle,
  Que dit-il ? que dit-on ?
  Pa ta ti, pà ta ton ,
Comme leur langue trotte,
Pour achever de me laffer ,
Vingt femmes venoient pour m'embraffer,
Je n'ai pû m'en débaraffer
Qu'en leur laiffant ma botte.

HENRIETTE.

AIR. De neceffité neceffitante.

Reftez , reftez, & foyez tranquille,
De la part des Bourgeois de la Ville,
Je vois venir un fort honnête homme ,
Pour vous préfenter le Vidrecome.

SCENE IV.

LES ACTEURS PRECEDENS.

MARCHE POUR LES DEPUTES
qui apportent le Vidrecome.

Trois DÉPUTÉS.

CANON.

AIR: *Gros nez, gros nez.*

Goutés ce vin,
C'est le meilleur des bords du Rhin;
Buvés la santé de notre Souverain.

LE COURIER.

AIR. *J'avois pris femme laide,* Vaud. du fleuve d'oubli.

Oh, je sçais trop bien vivre
Pour refuser cela, ah, ha, ah;
Qu'à la joye on se livre,
Notre Roy le sçaura, ah, ah, ah:
A l'envi chantez sa gloire,
Tandis qu'avec gaité
Sa Santé (*il boit*) je vais boire. (*bis.*)

L'OFFICIER.

VAUDEVILLE noté N°. 4.

Notre bonheur nous fait connoître
Que LOUIS nous donne des Loix ;
Nos ennemis, par nos Exploits,
Connoissent qu'il est notre Maître :
Vive, vive, vive à jamais
Le Pere & le Roy des François.

HENRIETTE.

C'est à lui, plus qu'au Diadême,
Que tous nos hommages sont dûs ;
Il est plus grand par ses vertus
Qu'il ne l'est par le rang suprême :
Vive, &c.

L'OFFICIER.

Aux jours d'un Prince qui nous aime,
Comment ne s'interesser pas ?
A ceux de ses moindres Soldats
Nous l'avons vû veiller lui-même :
Vive, &c.

HENRIETTE.

Loin ces Rois dont l'affreux systême

Rend

Rend par l'effroi les cœurs foumis ;
L o u i s eft craint des Ennemis ,
Mais il veut que fon Peuple l'aime :
Vive, &c.

L'Officier.

Les Rois, qui des Dieux font l'image,
Devroient être immortels comme eux ;
Sur ceux qui font des malheureux,
Que la mort exerce fa rage :
Vive, &c.

Un D é p u t é *préfentant une bourfe au Courier*,

Tenez , recevez cette bourfe,
Notre zele en fera flaté ;

Le Courier.

Du Roy j'annonce la fanté,
Je fuis trop payé de ma courfe :
Vive, &c.

Une petite F i l l e *au Courier.*

On doit pour un fi doux meffage
Vous faire les plus riches dons ;
Tenez, prenez tous mes bonbons,
Je ne puis donner davantage :
Vive, &c.

B

Maman dit qu'il n'eſt notre Maître
Que pour nous faire à tous du bien ;
Dites-lui que je l'aime bien,
Je voudrois qu'il pût le connoître :
Vive, &c.

HENRIETTE.

O Ciel, daigne ajoûter encore
Aux jours de ce Prince chéri,
Tous ceux qu'auroit donné pour lui
Un Peuple zelé qui l'adore :
Vive, &c.

HENRIETTE, (*au Courier.*)

AIR : *Madame j'ai un paquet pour vous.*
Vingt Nouvelliſtes ſont chez nous,
Qui ne ſoupirent qu'après vous ;
Venez donc les informer tous.

LE COURIER.

Je m'en fais une fête ;
Mais pour la peine du Courier,
Madame, avec la permiſſion de Monſieur, vous êtes
trop honnête,
Pour lui refuſer un baiſer.

L'OFFICIER.

AIR: *La Besogne.*

Il faut bien le récompenser ,
Accordez-le sans balancer.

HENRIETTE.

Venez détailler à mon Pere
Un fait pour nous si néceffaire.

...rée de plusieurs Allemands & Allemandes , qui
...nt au son des instrumens qui ont accompagné la
cérémonie du Vidrecome.

SCENE V.

Monsieur FRENCHMAN entouré des
NOUVELLISTES, HENRIETTE,
L'OFFICIER, LE COURIER.

M. FRENCHMAN.

AIR. *Nous avons pour vous satisfaire.*

ON ne craint donc plus pour sa vie ?
Quel transport ! quel plaisir je sens !
Ma vieilleffe est ragaillardie ,
J'en suis plus jeune de vingt ans.

Premier NOUVELLISTE.

AIR : *Nous sommes Précepteurs d'Amour.*

Vaincu par le seul nom du Roy ;
Au bruit de sa Convalescence,
L'Ennemi fuit saisi d'effroi,
Et par-tout triomphe la France.

Deuxiéme NOUVELLISTE.

AIR : *Changement pique l'apétit.*
J'ai des nouvelles d'Hongrie.

Premier NOUVELLISTE.
Moi de Piémont & d'Italie.

Troisiéme NOUVELLISTE.
On m'écrit souvent de Menin.

Deuxiéme NOUVELLISTE.
J'ai correspondance à Berlin.

AIR : *Tant de valeur & tant de charmes.*
Le Roy de Prusse & notre Maître,
Par les Armes se sont unis.

L'OFFICIER.
Ils font bien plus, ils sont amis,

Et tous deux méritent de l'être.

A i r. *Nous sommes précepteur d'amour.*

Ces Rois ont eu dans leur Traité,
Contre tant de complots finiftres,
  Pour Politique l'Equité
Et leur Sageffe pour Miniftres.

M. F R E N C H M A N.

A i r : *La Befogne.*

Et de la Flandres qu'en dit-on ?

Le deuxiéme N o u v e l l i s t e.

Tout ira bien dans ce Canton.

L'O f f i c i e r.

Bon, qu'eft-ce que l'on appréhende ?
Le Comte de Saxe y commande.

H e n r i e t t e.

A i r *Nous fommes précepteur d'amour.*
Tout nous répond de fes fuccès.
La France ne l'a pas vû naître,
Mais quoiqu'il ne foit pas François,
Il a bien le cœur fait pour l'être.

LE COURIER.

AIR. *Non je ne ferai pas.*

Clermont, qui devant Furne a signalé sa gloire,
Pour un objet plus cher dédaigne la Victoire :
Le péril de son Roy suspend tous ses Exploits ;
Il connoît la terreur pour la premiere fois.

Premier NOUVELLISTE.

AIR. *Tout roule aujourd'hui dans le monde.*

Malgré les Alpes, l'Italie,
Voit enfin, nos braves François,

Troisiéme NOUVELLISTE.

Eh bon ! quel compte c'est folie,
On n'y pénétrera jamais :

Premier NOUVELLISTE.

Nous sommes déja dans les plaines,

M. FRENCHMAN.

Le Passage en est garanti
Contre toutes forces humaines,

Premier NOUVELLISTE.

Non pas contre le Grand Conti.

AIR. *Un jour le malheureux Lifandre,*

Le François avide de gloire
Etonne & force le deftin
Trois fois on le rappelle en vain,
Il n'écoute que la Victoire
Il en arrache le Laurier
Poitou regarde fans plier
De fes morts les roches couvertes
Il brave le plomb meurtrier
Il devient plus fort par fes pertes
Et fubfifte encore tout entier.

LE COURIER.

AIR. *Du bas en haut.*

Du bas en haut,
Le François gravit & s'accroche
Du bas en haut,
Il s'élance & livre l'affaut
L'Ennemi court de roche en roche,
De nos Soldats
Il fuit l'approche
Du haut en bas.

HENRIETTE.

AIR. *Nous jouiffons dans nos hameaux.*
Par des Danfes & par des Jeux

Paris marque son zéle
Chaque nuit par de nouveaux feux
Le jour se renouvelle ,
L'art épuise tous ses secours
    Pour ce brillant hommage ,
Mais le cœur trouvera toujours
    A faire d'avantage.

M. FRENCHMAN.

AIR. *Faut-il qu'une si foible plante.*

S'il est vrai tout ce qu'on m'assure
Mes Enfans je comble vos vœux ,
Votre hymen ne se peut conclure ,
Sous des auspices plus heureux ,
Mais commençons par voir la Fête
Que pour le Roi Strasbourg apprête.

HENRIETTE.

AIR. *J'ai fait jouer un bal mon cousin.*

    On dit que c'est un Bal ,
      Sans égal ,
J'y veux mener la Danse ,

L'OFFICIER.

Tout flatte en ce grand jour
      Mon amour ,
Et les vœux de la France.

M. FRENCHMAN.

Vive le Roy,
Amis fuivés-moi,
Déja la Fête commence.

Troifiéme NOUVELLISTE *les arrêtant.*

AIR. *Amis fans regretter Paris.*

Mais avant tout écoutés-moi,
Je vais lire une Piéce,
Que j'ai fait en l'honneur du Roi,

M. FRENCHMAN.

Le Sujet m'interreffe,

Deuxiéme NOUVELLISTE.

AIR. *Voici le jour folemnel.*

Moi j'ai fait une Ode auffi,
La voici.

Troifiéme NOUVELLISTE.

Avant je lirai la mienne... (*il lit.*)

AIR. *Quel état douloureux.*

Quel fpectacle inhumain
Je vois l'affreufe Parque ,
Venant fes cifeaux à la main
Pour l'avoir bravée à Menin ,

Vouloir trancher les jours du plus parfait Monarque ;
La foudre gronde....

HENRIETTE *.lui arrachant son Ode.*

AIR. *De tous les Capucins du monde.*

Allez Messieurs, les faiseurs d'Ode ,
　　Allez rimer aux Antipodes ,
Louis doit rire des efforts
　　De votre bizarre génie ;
La crainte qu'on eut de sa mort ,
　　Fait mieux l'éloge de sa vie.

Ils sortent. La Scene change & réprésente un lieu
illuminé pour le bal.
L E　　B A L.

SCENE VI.

BABICHON, NICODEME, L'OFFICIER,
HENRIETTE , UN SUISSE.

LE SUISSE *courant après Nicodeme.*
AIR. *Tes beaux yeux ma Nicole.*

ALlons entrir téore ,

NICODEME.
De grace laissez-nous.

LE SUISSE.

Toi rifonnir encore ,
Sti Pal n'eft pas pour vous ,

NICODEME.

Si l'on fait cette Fête ,
Pour tous les bons Sujets ,
J'y ai droit plufque perfonne ,
Car j'aime le Roi, mieux qu'tous.

LE SUISSE.

AIR. *Tant de valeur.*

Si toi me tire davantache ,
Que t'aimir le Roi plis que moi ,
De mon libarde par mon foi
Moi chel tuïr ta perfonnache.

AIR : *Si vous voulez que je vous baife.*

L'Amour que chafre pour ton Maître ,
M'afoir rendu de fes Sujets ;
Tout l'Etranchir qui le connoître ,
Afoir t'apord la cœur François.

L'OFFICIER.

AIR : *Carillon de Méluzine.*

Laiffez , laiffez ces bonnes Gens.

HENRIETTE.

Que demandez-vous , mes enfans ?

NICODEME.

AIR: *J'ai la plus méchante femme.*

Je m'appelle Nicodême ,
Et vlà ma mi Babichon ;
Elle eſt à préſent ma femme,
Et puis moi j'ſuis ſon mari :
Nous avons quitté la Flandre ,
Pour ſçavoir comme le Roy va ;
Ça va bien , j'en ſuis fort aiſe ,
Nous venons l'attendre ici.

AIR : *Pierrot , qui eſt-ce qui t'arrête.*

J'l'aime mieux que s'il étoit mon frere ,
Et mieux que ma mi Babichon ;
Elle n'en eſt point jalouſe ,
Car el' l'aime auſſi mieux qu'moi ;
Nous voulons le voir encor ,
Pour le prendre pour modele ;
Elle & moi nous voulons faire
Un enfant qui lui reſſemble ,
Beau , bien fait , plein de courage ,
　　　Comme lui.

BABICHON.

AIR. *J'ai la plus méchante femme.*
De plus, j'veux encor un'fille ,

Fais tout comm’ tu l’entendras ;
J’veux qu’ell’ reſſemble à la Reine,
  Chacun viendra l’admirer
J’veux un p’tit cadet encore,
Plein de charmes, plein d’eſprit,
Au Dauphin qu’il ſoit ſemblable,
  Le Roy ſera ſon Parrein.

AIR : *Pierrot qu’eſt-ce qui t’arrête.*

Je n’lui demandons point d’finance,
Je n’voulons que ſon amitié,
Et c’eſt la plus grand’richeſſe
Que nous voudrions avoir,
Car il ne nous manque rien ;
Notre pré peut nous ſuffire,
Demandez à Nicodême,
Quand on a l’cœur à l’ouvrage,
Et lorſqu’on vit bien enſemble,
  C’eſt c’qui faut.

HENRIETTE.
AIR : *Le Confiteor.*

Laiſſez-les, ce ſont nos amis ;
Leur zele ne nuit point au vôtre,

L’OFFICIER.

Camarade, il leur eſt permis

D'avoir un cœur comme le nôtre.

LE SUISSE.

Hé pien , danfir tous deux pour moi ,
Chel va poir en l'honneur du Roy.

VAUDEVILLE, Noté N°. 5.

Tout ici partage & infpire
Les plaifirs dont nous jouiffons ;
On voit la Sageffe fourire
A nos plus badines Chanfons :
La Folie accourt à nos fons ,
C'eft la Raifon qui l'attire :
En ce jour tout femble permis ,
    Nos craintes ceffent ,
    Nos plaifirs renaiffent
Avec la Santé de LOUIS.

HENRIETTE.

Dans l'indolence & la trifteffe
Je voyois couler mon Printems ;
Et le devoir à la tendreffe
Déroboit les plus doux momens ;
Le plaifir qu'en ce jour je fens ,
N'allarme plus la Sageffe ;
Le plus tendre Amour m'eft permis ;
    Mes ennuis ceffent ,
    Et mes plaifirs naiffent
Avec la Santé de LOUIS.

D'un Amant qui vantoit sa flamme
Je n'éprouvois que la froideur,
Le feu qui brûle dans mon ame
Aujourd'hui passe dans son cœur ;
Il mérite & sent son bonheur ;
L'Amour enfin le reclame,
Comme l'un de ces Favoris :
   Mes ennuis, &c.

Dans un ennuyeux esclavage
J'ai vécu jusqu'à ce moment ;
Ma Mere, autrefois si sauvage,
Est sortie avec un Amant ;
Je suis l'exemple de Maman,
De mon cœur je fais usage,
De la liberté je jouis :
   Mes ennuis cessent, &c.

De ma femme l'humeur sauvage
Avoit effarouché l'amour
Pendant dix ans & d'avantage
Je l'ai cru perdu sans retour
Mais hier au declin du jour
Il égaya mon ménage
Enfin nous voilà bons amis
   Les plaintes cessent, &c.

LE SUISSE.

Le Roi liêtre ein pon Camarade,
A son Santé j'afre bû tant,
Qu'enfin ne liêtre plus malade,
Et j'en suis le cause pourtant :

Que sti pon Prince sifre autant
Que chel poir de coups rasade :
Çà, que tous les pons Réjouis
Chantent ma gloire,
Chel veux touchours poire
Puisque ça fait fifre Louis.

HENRIETTE *au Public.*

AIR. *Les filles de notre Village.*

Quand nous ozons faire paroître
L'ardeur de chanter notre Maître
Vous encouragez nos Auteurs,
Mais leur zéle plusque l'ouvrage
A mérité votre suffrage
Et nos succès sont dans vos cœurs.

FIN.

APPROBATION.

J'A I lû, par ordre de Monsieur le Lieutenant
Général de Police, une Piece qui a pour titre,
le Bal de Strasbourg, Opera-Comique. A Paris, ce
10 Septembre 1744. CREBILLON.

Vû l'Approbation, permis de repréfenter, ce 26 Sep-
tembre 1744. *MARVILLE.*

AIRS
du Bal de Strasbourg.
Nᵒ I.

III.
Je me mets à peine à crier
oh! eh! oh! eh' oh! eh
oh! eh!

IV.
Notre bonheur nous fait connoitre

FIN.